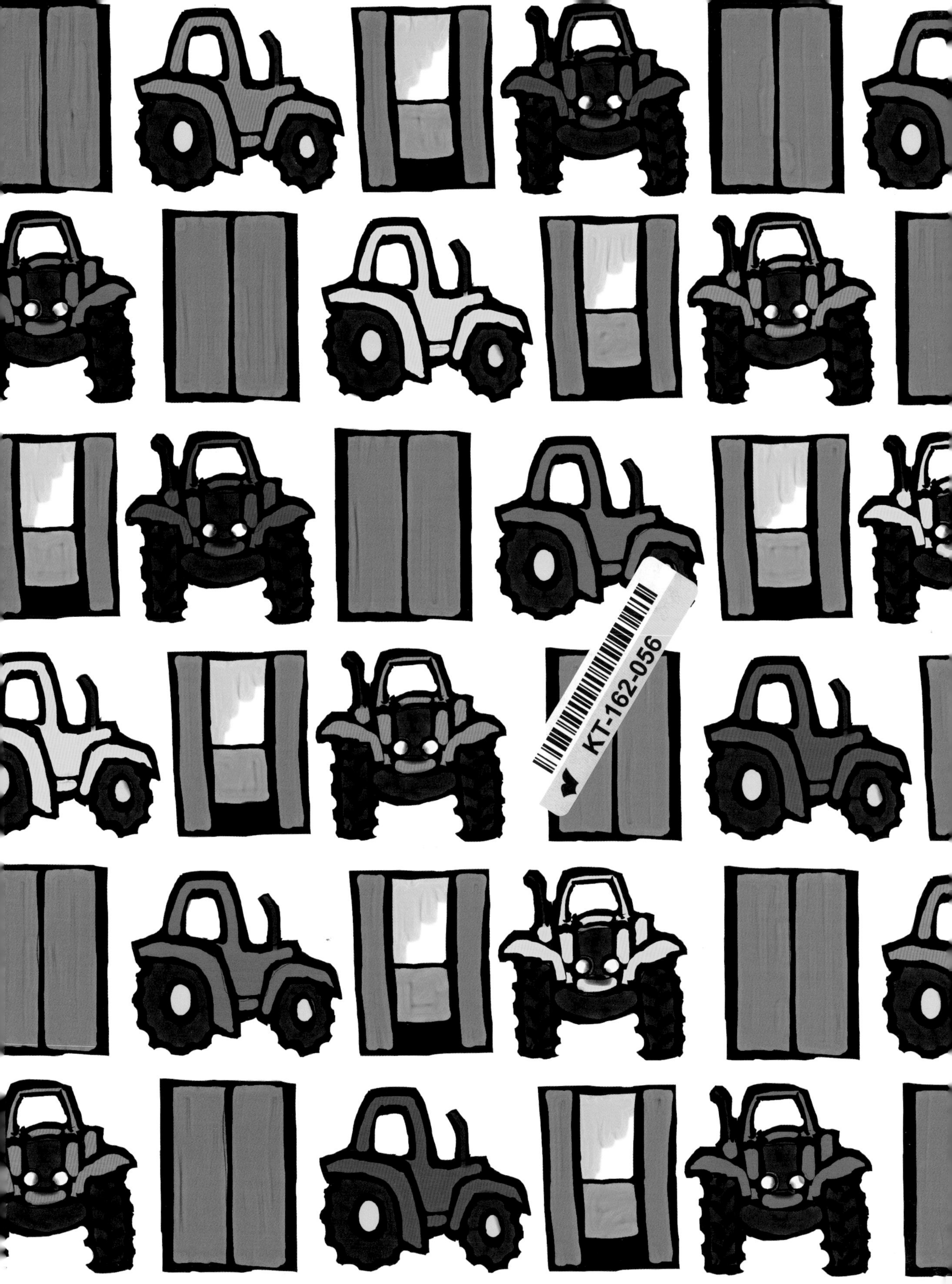

Do Chalum

Air fhoillseachadh ann an 2010 le Acair Earranta,
7 Sràid Sheumais, Steòrnabhagh, Eilean Leòdhais
www.acairbooks.com

© an teacsa Catrìona NicilleDhuibh

© nan dealbhan Catrìona NicilleDhuibh

Dealbhachadh an leabhair Mairead Anna NicLeòid

Deilbhte, dèanta agus deasaichte le Acair

Clò-bhuailte le J. Thomson Colour Printers, Glaschu

LAGE/ISBN 9780861523030

Chuidich Comhairle nan Leabhraichean am foillsichear
le cosgaisean an leabhair seo.

Tha Acair a' faighinn taic bho Bhòrd na Gàidhlig.

an Tractar agus an Liobht

Catrìona NicilleDhuibh

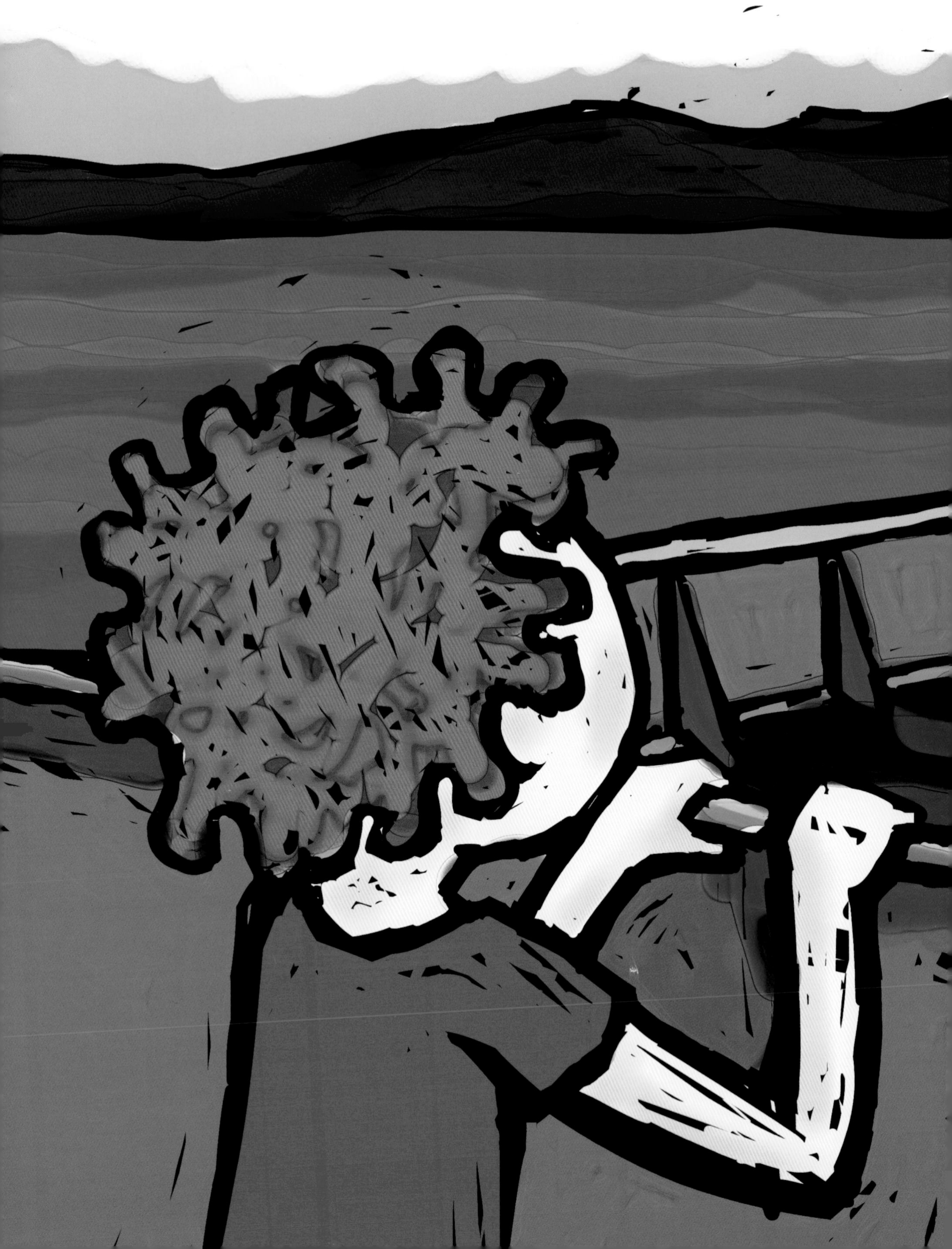

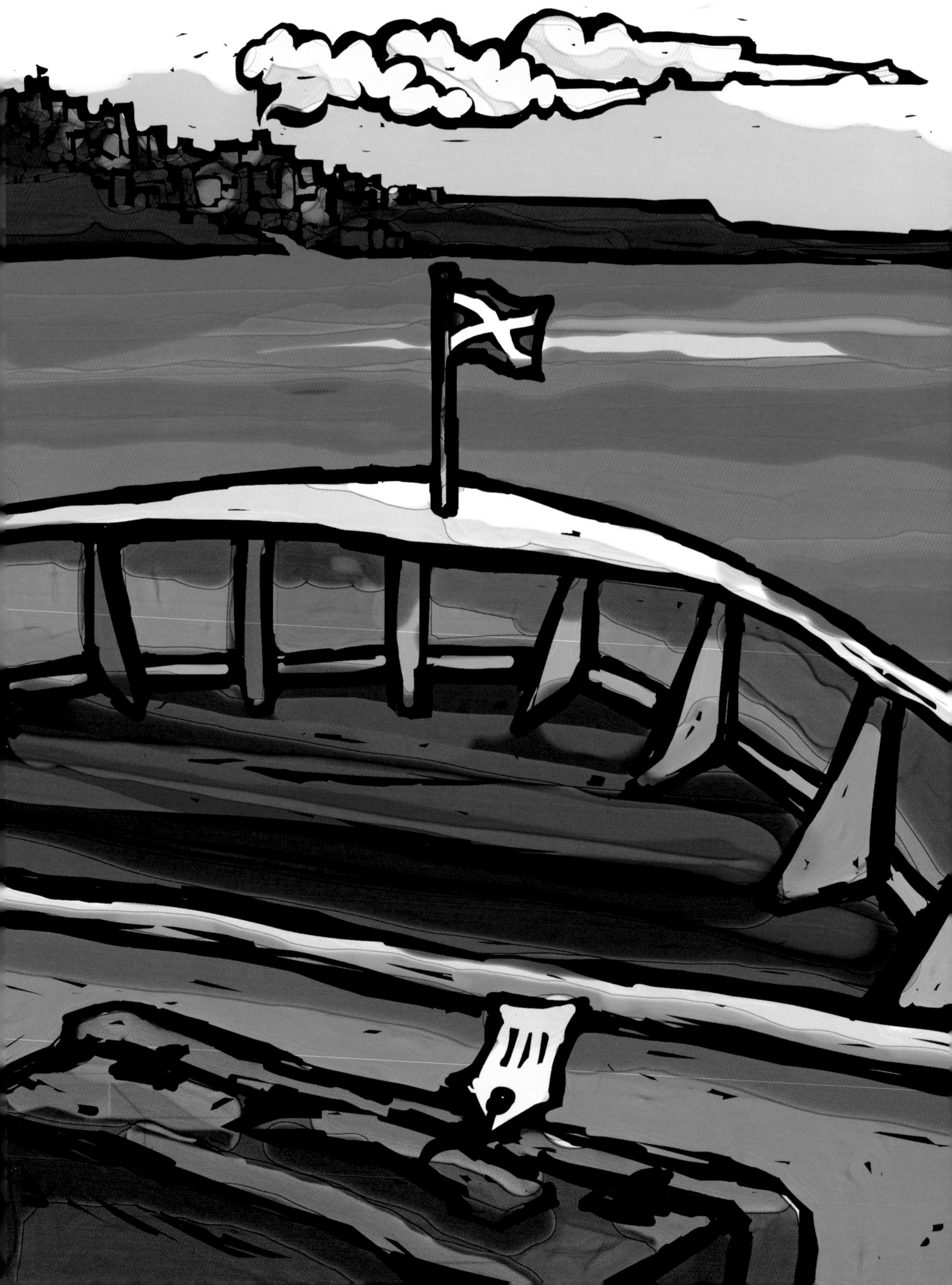

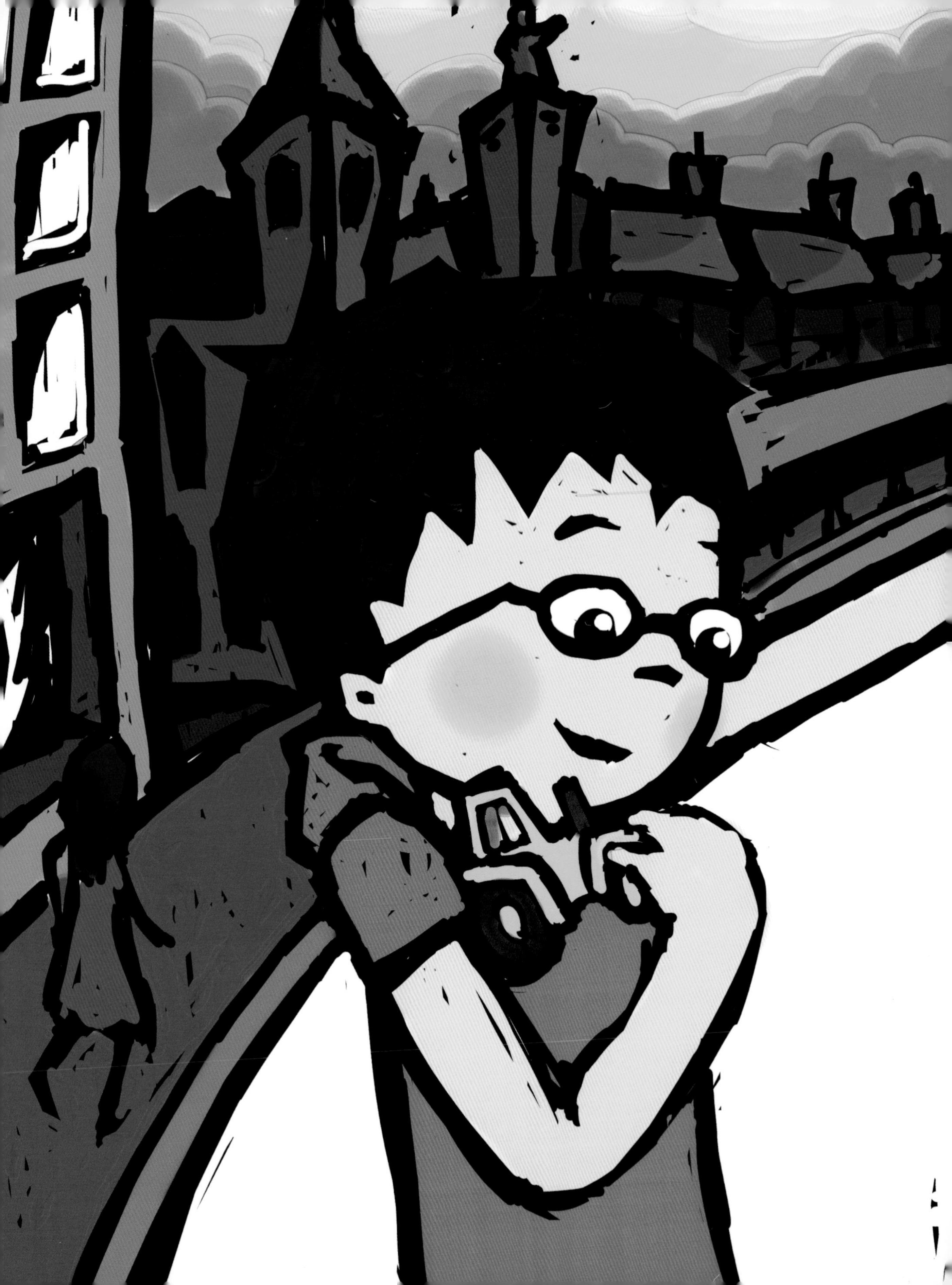

B' e tractaran an rud a b' fheàrr le Ruairidh, ged nach d' fhuair e riamh cothrom am faicinn anns a' bhaile mhòr.

Aon latha, bha e sna bùthan còmhla ri a Mhamaidh, a' leigeil air gur ann ann an tractar a bha e.

Bhrùth e putan an liobht

ach na inntinn bha e a' bruthadh trotail tractair.

Nuair a dh'fhosgail dorsan an liobht, chunnaic Ruairidh gille beag ruadh na bhroinn, is gàire mòr air aghaidh.

"Dorsan fosgailte!" ars an gille beag ruadh. "Suas, suas! Dhì-thaaaa!"

Chuir seo iongnadh air Ruairidh. "Gu dè a tha cho sònraichte mu dheidhinn sin?" thuirt e.

"Seo a' chiad turas agam ann an liobht!" ars an gille beag ruadh. "Nach e a tha sgoinneil!"

"Seall, am putan a' lasadh! Nach e a tha deàlrach!"

"B' fheàrr leam gur e trotail tractair a bh' ann," arsa Ruairidh.

"Tractar?" ars an gille beag ruadh. "Seann rud salach. Nuair a shreapas mi a-steach do thractar Dadaidh,

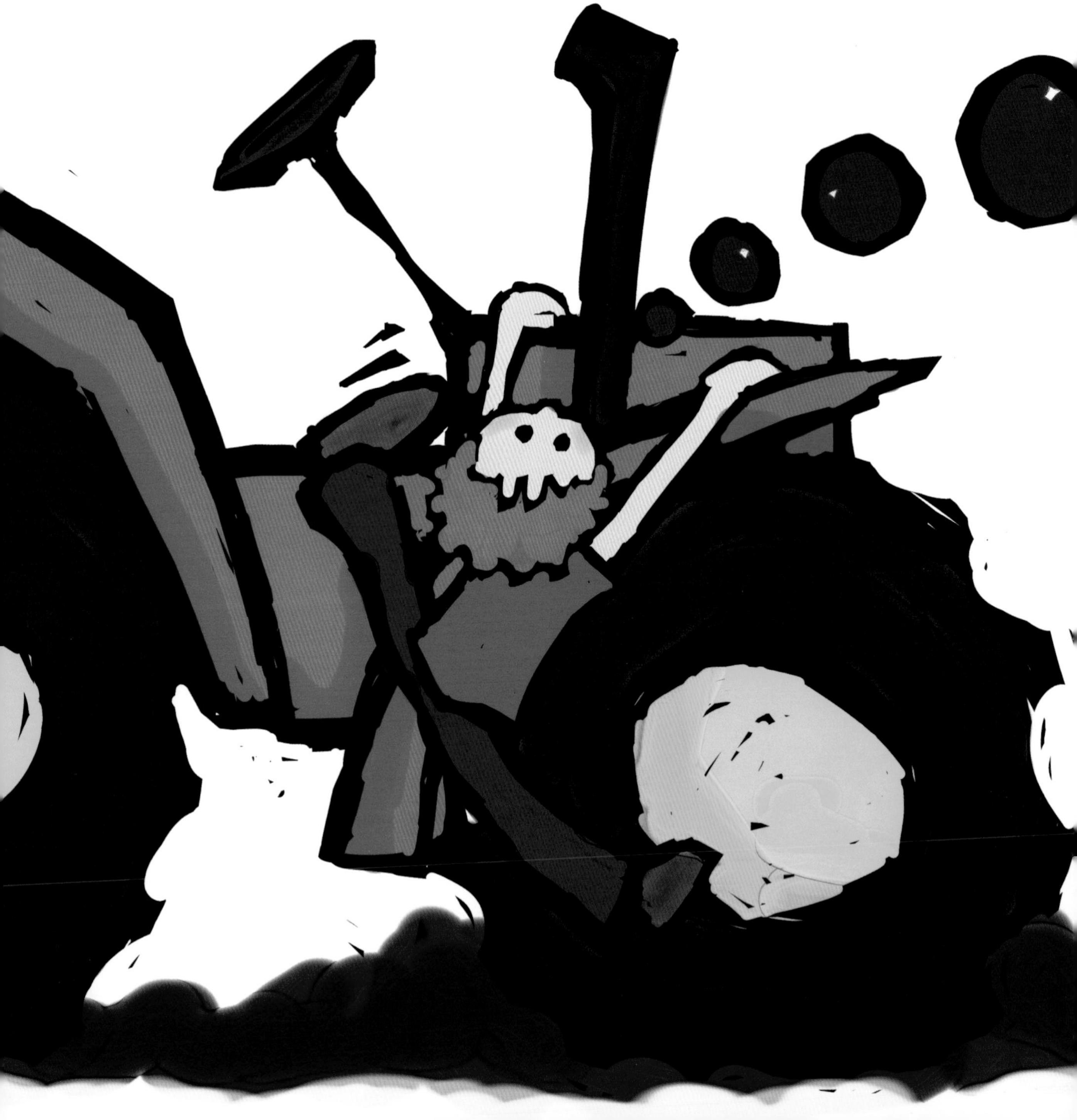

cha bhi mi a' smaoineachadh air dad ach dorsan liobht, a' fosgladh cho glan, sàmhach."

"Tha tractar aig do Dhadaidh?" arsa Ruairidh. "Mìorbhaileach! Nuair a bhios mise a' coimhead ann an sgàthan liobht,

cha bhi mi a' faicinn ach cuibhlichean
tractair cho mòr ri craobh."

"Nuair a bhios mise a' bocadaich air feadh na pàirce," ars an gille beag ruadh, "bidh mi gam fhaicinn fhìn a' dìreadh suas, suas, suas."

"Nuair a bhios sinne le bagaichean làn
agus gus toirt thairis," arsa Ruairidh,

"bidh mi a' bruadar mu dheidhinn trèilear làn de dh'fheur brèagha buidhe."

"Nam bithinn-sa a' fuireach sa bhaile mhòr," thuirt an gille beag ruadh, "bheirinn uairean a thìde a' dol suas is sìos ann an liobhtaichean."

"Nam bithinn-sa
a' fuireach air tuathanas,"
thuirt Ruairidh,
"dh'fhalbhainn ann an
tractar a h-uile latha."

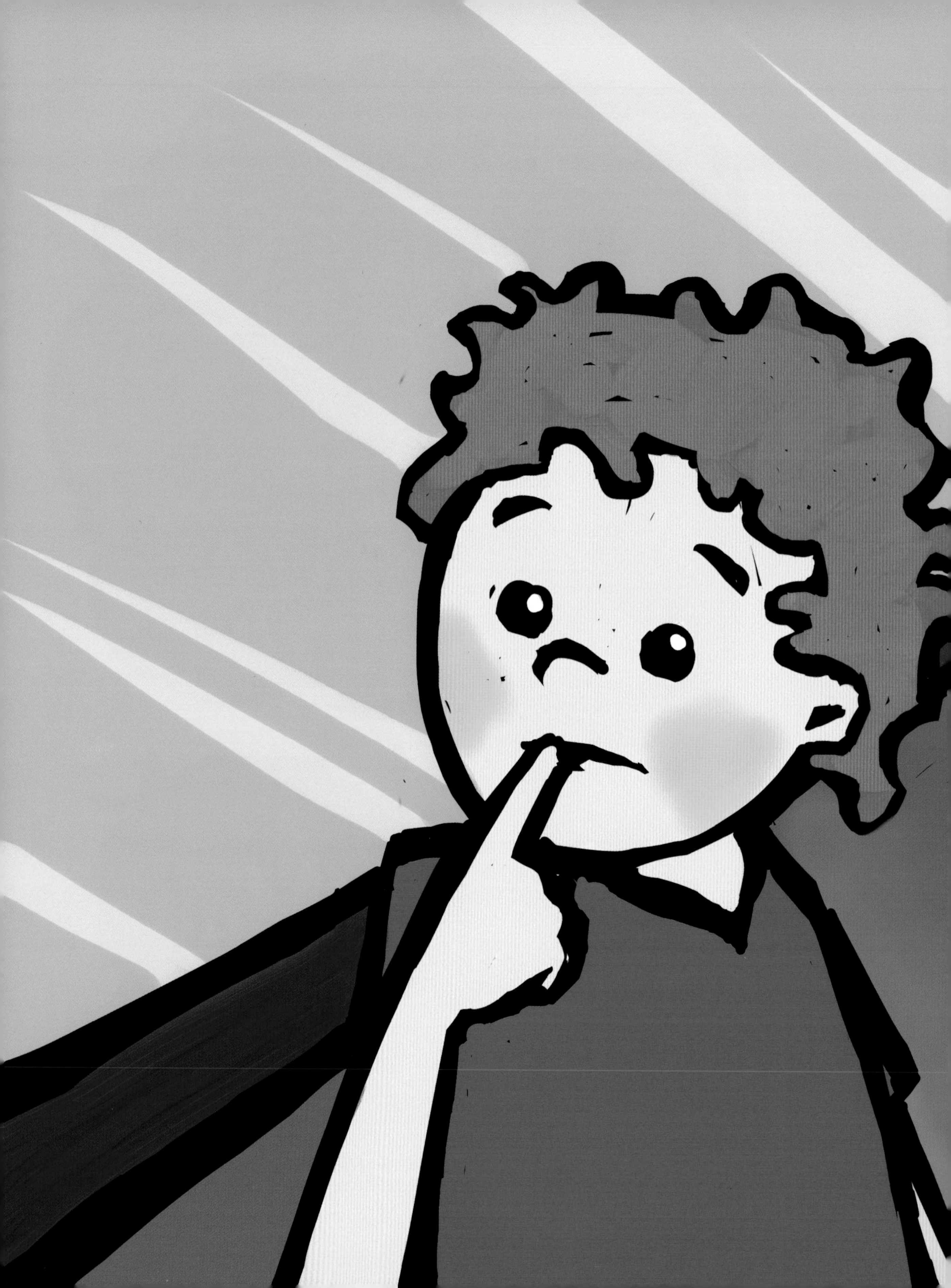

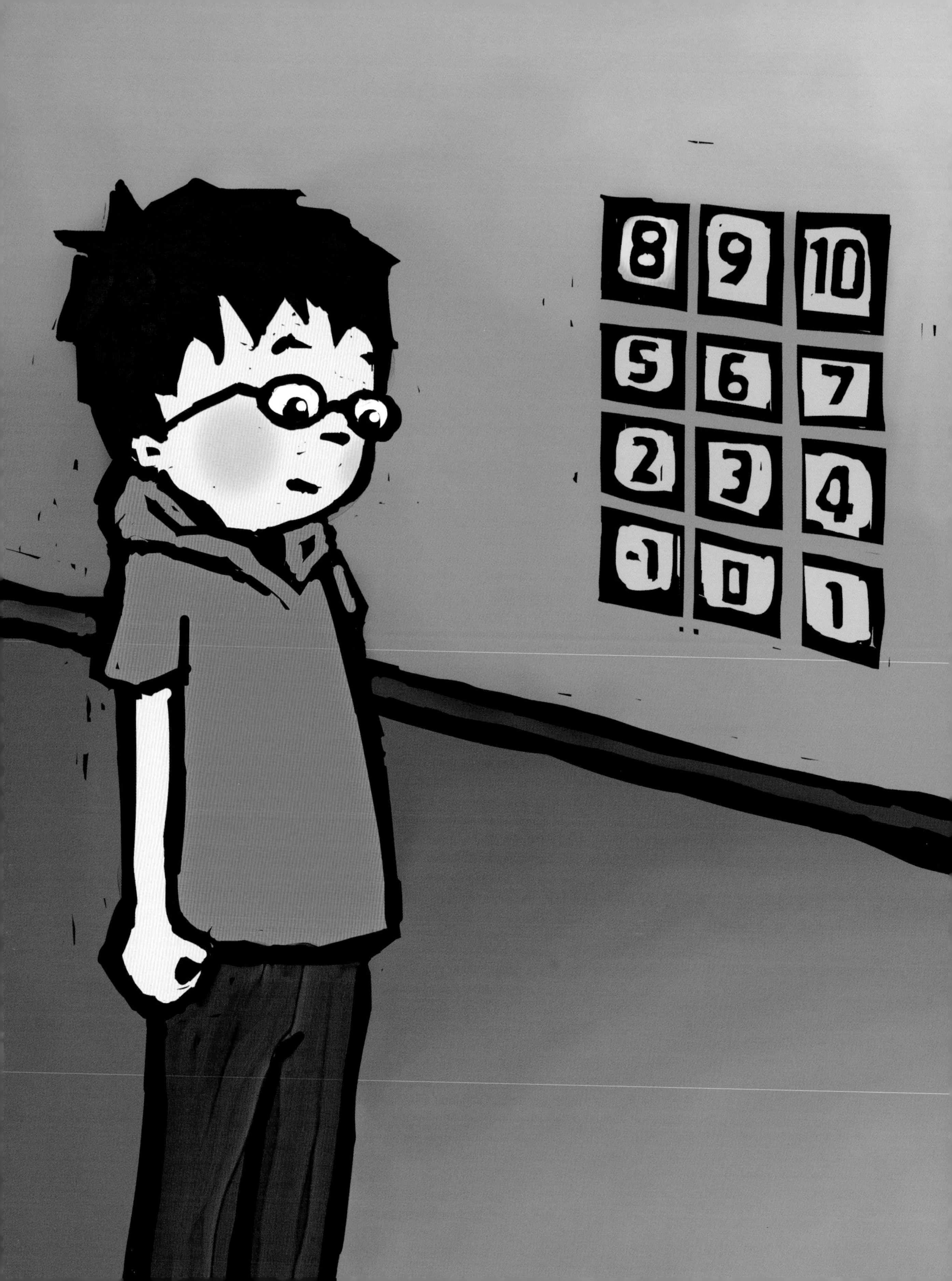
8 9 10
5 6 7
2 3 4
-1 0 1

Dh'fhalbh an gille beag ruadh
a-mach aig an naoidheamh ùrlar,

agus e ag ràdh, "Cuin a thilleas sinn
dhachaigh chun an tractair, a Mhamaidh?"

Ràinig Ruairidh an t-ùrlar a b' àirde.

"A Mhamaidh," thuirt e,

"am faod sinn tilleadh chun an liobht a h-uile latha?"

Agus bha an dithis ghillean toilichte leis na bh' aca bhon latha sin a-mach.